AF226032

DIGITUS
INDIE PUBLISHERS

Contrapuntos XII

❖

DESDE ESTA ORILLA, ESCRITURAS URGENTES

EDITORES INDEPENDIENTES
Monterey, CA

Diseño de cubierta · *Cover Design:* Diana Corona

Editors: Kadiri Vaquer Fernández, Ana Luengo
Publishers: Ángel María Rañales, Marcos Pico Rentería

First print edition: 2026

ISBN Digitus Indie Publishers: 978-1-972145-00-5

ISSN 2 4 7 2 - 2 0 6 5 (print)
ISSN 2 4 7 2 - 2 0 7 3 (online)
www.digitusindie.com

ÍNDICE
CONTENTS

DESDE ESTA ORILLA: ESCRITURAS URGENTES

EN LA URGENCIA HAY UN RECONOCIMIENTO de la fragilidad del tiempo, de la imposibilidad de hacerlo perdurar más allá de su natural caducidad. En esa temporalidad efímera hay desolación, pero también esperanza de que al cabo de ese intervalo puede que venga algo mejor, algo por lo que vale la pena esperar, luchar incluso. Cuando Ana y yo hablamos de abrir la convocatoria, cuyo resultado tienen entre manos, queríamos armar un archivo que documentara las formas en que sobrevivimos colectivamente la hostilidad de estos tiempos. Nos preguntábamos cómo estarían las personas gestionando una multiplicidad de crisis actuales y amenazas continuas, cómo estarían cultivando los afectos, la ternura, la comunidad, el arte, para hacer más habitable este espacio en el tiempo. También es cierto que había cierto fatalismo contundente detrás de esta iniciativa. Había una necesidad de dejar constancia de lo que parecía ser el colapso inminente de un sistema insostenible que se mantiene violentamente a cuesta de tantas.

En esta colección de voces hay una mujer insomne que se pregunta cómo llegó aquí, a esta orilla, una mujer desvelada por los miedos que la visitan de noche, hay una mujer que añora a un país que se derrumba en la distancia, hay inmigrantes como Joaquín, perdidos en la frontera o ahogados en el Río Bravo y niños inmigrantes que no entienden quién se queda y quién se va. También hay hijos de las diásporas que son muy pequeños para entender cuánto desearían sus padres tener un país al que volver. Hay personas que se reprimen por los demás y otras que dejan de reprimirse para ser, al fin, quienes son, para dejar de acatar los roles compulsorios del género, de la heterosexualidad. Hay reflexiones sobre el desencantado sueño americano, el olvido, las mordazas, la identidad, la maquinaria colonial y sus repercusiones insulares, las tragedias colectivas, las experiencias de las mujeres y el no conformismo. Pero, tal vez, lo que persiste en esta selección es la búsqueda por la libertad.

En un momento en que la tensión social y política aumentan progresivamente parece que ya no se trata de un período delimitado que pasará, sino de un rasgo dominante de una nación que se despliega. Parece que para resistir estos tiempos no bastará con aguantar la respiración, cerrar los ojos y cruzar los brazos como un escudo sobre el pecho hasta que pase la sacudida violenta de la montaña rusa seguido por su caída repentina. Habrá que ir pensando en otras formas de resistir desde esta orilla, de llamar las cosas como son a pesar de la mordaza, de encontrar formas más sostenibles para gestionar el miedo, para encontrarle utilidad a la indignación y volver a sentirnos seguros entre la multitud. Ojalá este proyecto sea un paso adelante, un acto simbólico que nos devuelva la sensación de agencia en un tiempo en que la libertad de ser es un lujo y el único futuro que nos pertenece es ahora.

Kadiri Vaquer Fernández

FROM THIS EDGE: URGENT WRITINGS

IN URGENCY, THERE IS RECOGNITION of the fragility of time, of the impossibility of making it last beyond its natural expiration. There is devastation in this ephemeral temporality, but also hope that even after this interval, something better might come, something worth the pain of waiting and worth fighting for. When Ana and I talked about opening the call, we wanted to assemble an archive that documented the ways we collectively survive the hostility of these times. We asked ourselves how these people were managing a multiplicity of present crises and continuing threats, how they were cultivating affection, tenderness, community, art, to make this space more habitable during this time. It is also true that there was overwhelming fatalism under the initiative. There was a necessity to leave the certainty of what seemed to be the upcoming collapse of the unsustainable system, which was becoming a reality. An untenable system that is maintained violently, at the cost of so many.

In the collection of voices, there is a sleepless woman who wonders how she got here, in this part of the world, a sleep-deprived woman by her nightly fears, a woman who yearns for a country that is being demolished in the distance. There are immigrants like Joaquín, lost at the border or drowned in the Río Bravo, and immigrant children who do not understand who stays and who goes. There are also children of the diaspora who are too young to understand how much their parents wish to have a country to return to. There are people who suppress themselves for the rest, and others who openly stop complying with compulsory gender roles and heterosexuality. There are reflections about the disenchanted American dream, forgetfulness, gags, identity, colonial machinery, and their insular consequences, collective tragedies, the experience of women, and those who do not conform. However, perhaps what comes up in this selection is the search for liberty.

As the social and political tension increases progressively, it seems that this is not a period that will pass, but rather a feature of a nation that is unfolding. During our times, it seems that to resist it will not be enough to hold our breath, close our eyes, and shield our chest. Simply waiting for the violent shaking to pass is unacceptable. Let us think of other forms of resistance from this edge of the river, of calling things how they are, of finding more sustainable forms to manage fear, of turning indignation into purpose. Let us return to feel safe in the multitude. It is our hope that this literary project will be a step forward, a symbolic act that returns the sensation of agency in a time where freedom is a luxury. An act that reminds us that the only future that belongs to us is right *now*.

Kadiri Vaquer Fernández
Translated by August Beltrán

POESÍA

TEJIENDO RESISTENCIA

Ana Luengo

A VECES ME DESPIERTO en plena noche
sacudida por un relámpago
que me hace temblar.
Un relámpago que me deja tiritando aferrada al bordado de mi almohada.
Luego me abrazo a mí misma y me obligo a
res
pi
rar.

A veces, cuando me despierta el relámpago,
me pregunto, sola, aturdida, qué me hizo llegar a esta orilla.
Hace tanto tiempo que me cuesta recrearlo,
pero voy a intentar pintar para ti qué me hizo embarcar en este viaje
que hasta aquí me ha traído,
que hasta aquí, en este espacio árido
y gélido me hace despertar por la noche
sacudida por el temor,
sacudida por el resplandor violento de un relámpago antiguo
que, en mi mente, se parece a un estallido que me rompe en hilachas.

Entonces, me pregunto qué me hizo venir a mí
a este lugar que no siento mío aunque mis hijes en él crezcan.
Me pregunto cómo quedarme en un país cuyo gobierno
decide maltratar a los más débiles, a los más vulnerables,
contrata cárceles en otros países violentos
que devoran a otros humanos que, como yo, soñaron con encontrar
aquí eso que llamaban,
que llamábamos, tan ingenuamente, libertad.

Pero era un espejismo, mira su historia, mira su historia de esclavitud, de explotación, de colonización.
Recuerda la proposición 8, relee la enmienda 13, y mira la segunda, la que arma a la gente que dispara a los niños.
Que hace que corra la sangre de niños en las escuelas.
Piensa en la United Fruit Company, en la operación Cóndor, en el Watergate, en Hawaii y en Puerto Rico.

Pero, inconsciente, yo me vine haciendo caso omiso a mis lecturas, porque quería coser con libertad, para mí y para mis hijes...
Tra-la-la-lalá.

Tres vientos me traían hasta aquí
como tres hilos que se entrelazan en mi mente,
tres vientos de libertad que ahora me retuercen
las entrañas, cuando me parece que ya es demasiado tarde.
La libertad de escribir y enseñar lo que es justo.
La libertad de criar a mis hijes para que toquen el cielo con las manos.
La libertad de poder ser yo, íntimamente yo,
sin el juicio de quienes decían quererme tanto,
para por fin encontrarte a ti.

Pero, ahora, cuando me despierto e intento capturar ese momento, mi mente es un remolino, un huracán de sucias palomas, mis pensamientos el aullido de un perro enfurecido enredado en mil cuerdas.

Veo que están atacando las universidades, que están apresando a estudiantes, que están castigando a los desahuciados, que están persiguiendo a quienes a veces amamos, deseamos, somos, creemos en algo profundo e íntimo que nos ha empujado tantas veces a las cunetas del camino.

Pienso que las cárceles oscuras se tragan a personas con nombres y apellidos y sueños en otros países sin que la supuesta justicia pueda hacer nada.

Recuerdo a todos los muertos de un genocidio que ya ni aparece en la prensa y que nos prohíben mentar con amenaza de castigo irreversible, como ocurriera —ironías— hace algunos años en el que fuera, y sigue siendo, mi país. Mis países de la otra orilla.

Pero entonces, me despierto, me obligo a levantarme de la cama para ver despuntar el alba,

y me ducho,

y me visto,

y salgo a la calle.

Y cuando salgo a la calle, veo a personas con sus rostros y, a veces, sus sonrisas, y entonces mi mente comienza a recordar a Charles Deslondes en 1811 con su columna de hasta 500 hombres, pienso en Malcolm X, Martin Luther King, Angela Davis, Edward Said. Pienso en Dolores Huerta y en Gloria Anzaldúa. Pienso en Sylvia Rivera y Marsha Johnson en Stonewall. Pienso en bell hooks. Pienso en el amor. Pienso en los pueblos que cuidan los hermosos bosques desde tiempos inmemoriales que nos dan refugio cuando por ellos paseamos. Pienso en los árboles, los hongos, las mariposas, los venados, los colibríes y los arroyos que llevan a los ríos que dan al mar.

Les miro a ustedes, ahora, que han llegado hasta aquí porque saben que debemos seguir, que la resistencia y el amor al final se imponen aunque a veces nos venza el temor al absurdo y a la maldad, y nos haga trastabillar.

Cuando el relámpago me arranque de mis sueños
respiraré hondamente y recordaré sus miradas de ahora para sentir
que mi abrazo no es solo mi abrazo,
sino el de todes ustedes,
como un cálido manto de miles de hilos de hermosos colores.

Gracias por leernos.

COMO ELLA

Kianny N. Antigua

but no one can hear
in the silence of waiting instruments
Mary Hawley

COMO LA QUE TIENE que aprender
a cargar las bolsas en la mano izquierda
para siempre caminar en vigilia
y llevar libre la diestra.

Como ella y la otra
sí, esa que nadie se imagina,
esa que se esconde
tras la sombra misma
para que su cuerpo
que solo es carne y cavernas
se disminuya
desaparezca
huya
o cese
con el fin de no inducir
el arrebato en aquel
—y en el otro
en el siguiente
que se proclamará dueño—
de no incitar la fiereza
y de algún modo resistir
su segura extinción
en mano de aquellas manos.

Como todas las niñas
que no pueden serlo
que ya no lo son.

Como la mujer
que se parece a mi abuela

que parió parió parió
y luego crio
hasta que sus sueños de música
se ensordecieron entre
eternos quehaceres
boca hecha de silencios
y alacena vacía.

Como ella
que no tiene un libro sagrado
que la ampare
ni un dios benévolo
que la proteja
—por los siglos de los siglos—.

Como aquella
que se ve en mí
para alivianar el peso
de su encierro
sin sospechar
—pues sería devastadora
la pesquisa—
que estas enormes alas
son de vidrio y él,
el poseedor de las piedras;
que mi libertad
está hecha de lápiz
y que mi élitro
nunca llegará a conocer
la investidura extensión,
que jamás seré cóndor
            ni ánsar
                        ni buitre.

Como la mujer que se lanza de la ventana
del sexto piso
metida en una bolsa de basura
para que quien posea la desdicha
de toparse con su cuerpo
no tenga que lidiar con los desechos.

Así.

30 de abril de 2025

ORDEN EJECUTIVA 14224

Gerardo Cárdenas

LO QUISE DECIR BIEN
pero lo traduciré mal:
el puente ha sido dinamitado

y mi lengua

cercenada

yace en esta orilla y no cruzará más
yace en esta orilla y su sangre ya no tiñe el río
yace en esta orilla y dejó de sacudirse como un pez que se asfixia

mi lengua cercenada
es una razón de Estado
el reglamento dicta que se pudra del otro lado
que se la trague la arena

al otro lado

más allá de las astillas humeantes del puente
más allá de las alambradas
otra lengua abraza los troncos de los árboles
como una anaconda
reluce y aprieta
bañada en savia se ha vuelto ronca áspera cortante

¿Qué puede ya contar mi lengua muerta,
este trozo de carne sin propósito,
esta anatomía de historias mudas,
este grito interrumpido?

A guidance
A dance with the Devil
A journey into oblivion
It's just paper
Red with the blood
Of mutilated tongues
One purpose
One swift stroke of the axe
Just an end
No means
One tongue to bind them

De este lado del río mi pensamiento flota
pero ya no cruza
mis brazos
mis piernas
se borran en la niebla

Ensure compliance
Eliminate wasteful
Assimilate
Assimitate
Bind Bind Bind
Bind the Dream
In a fog
Strain
Fry
Broil
Discriminate
Incriminate

En la otra orilla
un solo murmullo
como un grito amordazado
un solo llanto
una sola lengua
aprieta hasta ahogar

EL RÍO

Iliana Pichardo Urrutia

Para Lorenzo

TE LEVANTAS EN EL SOL de la siesta.
Tu mirada baja hacia mis brazos,
quieres que te contenga. Me dices
que temes no poder volver
a casa. Has escuchado historias
que los grandes lanzamos,
rocas tan livianas como globos
que explotan en tu cuerpo de niño.
Me dices que tus cosas,
tus juguetes, tu vida, todo
está allá y quieres volver.
Yo te digo que sí, que nos dejarán,
que solo estamos de vacaciones.
Pero no todos, dices. Porque has
escuchado palabras que suenan
como una puerta que se cierra

de | portado

un amigo nuestro que contigo bailaba,
que te hacía reír, que conversaba.
¿Por qué algunos no pueden entrar?,
me preguntas. Me quedo muda
mientras abrazo el frío de tus dudas.
Pienso en el día en que fuimos de pesca,
tus brazos cortos sostenían la caña
larga con una carnada viva. Insististe
tanto en ir a pescar. Te ilusionaba más
que cualquier cosa. Ese día, tu anzuelo

y su filo se clavaron en un pez.
¡Es un amarillo!, dijo tu padre.
Te tomé una foto con tu trofeo vivo,
lo miraste: el pez abría y cerraba la boca buscando
el agua. Lo regresaste ahí, a la quietud
de la corriente, y dijiste libre y salvaje.
Libre y salvaje, dijiste, al pez que no se cansó
de aletear lejos de nosotros. Más tarde
otros peces no correrán la misma suerte.
Deberé decir que la vida no es justa,
o deberé proteger tu paraíso.
Decirte libre y salvaje
decirte, libre y salvaje
tú, nuestro amigo, todos.
El río nos contiene.

¿A QUÉ HUELE LA TRAGEDIA?

RE Toledo

ES INODORA, incolora e insípida.
Huele a normalidad, huele a diario, a día a día, a rutina, a no pasa nada,
huele a qué te cuento, huele a no me lo vas a creer.

Huele a no me las olía, huele a nunca me lo imaginé,
a no me lo esperaba, a esto no me puede estar pasando,
huele a ¿por qué yo?, huele a ¿por qué a mí?

La tragedia huele a incertidumbre, huele a miedo,
a pánico, a confusión,
huele a dolor, huele a urgencia.

La tragedia huele a lágrimas, huele a sudor,
a saliva, a vómito,
huele a diarrea, huele a podredumbre.

¿A qué huele la tragedia? Es que me llega un olorcito que creo
distinguir,
como a pedo, como a gas,
como a azufre, como a mierda.

Es un olor que se convierte en tufo, se mete por las fosas nasales,
te inunda el cuerpo, y no se sale...
es un olor que habita, que se apodera.

Ese olor eres tú.

Ese olor es. Es olor. Eres tú.
Eres olor. Es tu nariz.
Es tu tragedia. Eres nariz. Eres tragedia.

PALMA BAJO LA ALCANTARILLA

Calin Dover Tarrats

*

NACIÓ SIN CIELO,
sin sol que la llamara por su nombre,
bajo la reja gris del mundo,
donde el agua arrastra sombras.

*

Allí, en la humedad de lo olvidado,
una semilla tembló
como un susurro terco
en la garganta de la tierra.

*

No vio estrellas,
solo herrumbre y piedra,
pero soñó con el viento
como quien recuerda algo nunca vivido.

*

Sus raíces buscaron
entre grietas y secretos,
bebiendo el eco
de un mundo que no la esperaba.

*

Y aun así,
un día empujó la tapa con su frente verde,
partió el hierro con su aliento de savia,
y se alzó.

*

Del barro nació altura.
Del encierro, palma.
Una corona de hojas
allí donde nadie mira.

LA PLAZA DE MI PUEBLO

David Vila Diéguez

O rio da minha aldeia não faz pensar em nada.
Quem está ao pé dele está só ao pé dele.
Alberto Caeiro

MI PUEBLO TIENE una plaza
en la que nunca pasó nada importante.
No se dieron discursos memorables.
No se firmaron acuerdos internacionales.
Tampoco vio hazañas históricas
de esas que salen en los libros de texto.
No fue conquistada por los franceses
ni liberada por una revuelta nacional.
No vivió ninguna batalla trascendental
ni ningún conflicto destacable.
Si te digo la verdad,
yo creo que es que esta plaza no tiene ni nombre.
No aparece ni en Google Maps.
Tampoco recuerdo que tuviera un letrero indicando cómo se llama.
No es la plaza roja, la plaza de la Bastilla,
el Zócalo, el Vaticano, Times Square o Trafalgar Square.
En esta plaza nunca se sentaron
grandes artistas,
empresarios exitosos
o políticos importantes.
Yo no sé si alguien alguna vez
habrá venido a visitar el pueblo
con la intención de ver su plaza.
Lo dudo.
De las cuatro fuentes que tiene
solo funciona una
y la fuerza del chorro

no es para echar cohetes.
El suelo está totalmente destrozado
por las raíces de los árboles.
Tiene dos farolas
y una no funciona.
Y la hierba,
yo creo que la hierba no la corta nadie.
Y, fíjate,
a pesar de todo esto,
por más que yo lo intento,
no encuentro
un momento más feliz
que cuando consigo
volver a esta plaza
y me siento con mi hija
en uno de sus bancos
para comer pipas
y ver cómo juegan los niños
de todos los padres que nunca
tuvieron que emigrar.

¿DÓNDE ESTÁ JOAQUÍN? CARTA ABIERTA

Marcos Pico Rentería

perdido ...
en un remolino de
una sociedad gringa
Rodolfo "Corky" Gonzales
A la memoria de Vanessa Guillén

EN EL SONORO ARJÉ; ventoso, asfixiado:
no tengas miedo de la palabra con la que hablas,
en un lugar donde ninguna alma pueda descansar del mal,
retenerse a uno mismo como si despliega en una forma del *yo.*
No elegí, *to be,* sino que *soy:*
yo soy el que se encuentra perdido en la frontera,
no hay remolino,
no hay un lugar,
no hubo un sendero para mí.
Encontré un escalón,
la piedra rechazada, cubierta por lodo,
un lodo que edificó *yoes* helicoidales.

Yo soy el YO.

La paradoja es que existo en la sombra del otro, Ápeiron eterno:
haber nacido en la sombra que trajo no otra cosa sino una paradoja
pero una de ellas me marca como un Hijo
de esta tierra en el olvido,
creación de traiciones como tal yerba nace,
tierras de suelo árido y montañas de igual manera,
verdes y marrones y blancos y rojos
cubiertos como una última sombra del Oeste.

¿Y qué hiciste entonces?

Nada.

Viví en tiempos cuando O. Paz fue fuerte,
el Priato no fue otra cosa sino respeto y miedo,
Nirvana seguía llorando en su dolor,
la carne de Colosio seguía siendo roja,
como esa sangre nueva estaba por nacer
en un mundo donde todavía se escuchaban los gritos
de las almas sin miedo de 1992 en South Central.
Ese era tu lugar, tu tiempo, y todavía,
nada hiciste.
Dónde estaba Chomsky, Monsiváis, Fuentes,
el alma de Octavio Paz,
o quizás la voz del elegante Fuentes,
protector de las voces durmientes.
Dónde estaba el Subcomandante Marcos siempre
peleando con sus ojos claros y fuerza opulenta,
el Che despierto en su capucha Negra.

Poniatowska protestó desde sus entrañas,
y esperamos por la voz que pudo haber visto resurrecto a César,
nuestro César,
que nunca volvió, la ira, la ira, la ira, el peligro.
Joaquín se encontró de nuevo, una vez por Allende, Isabel,
no el otro líder chileno,
sino la feminista amansada por la industria,
seducida por las torres del papel manchado
y resurrecta al Zorro en un filme bello.
Chomsky todavía, libertad *de estatua*, pero pensaba en un mejor mundo,
voces complacientes llenan las torres de colmillos de elefante,
sangrientos colmillos que manchados fueron en toneladas de
pedazos podridos de elefante.
El Narco no era real todavía,
era una serie de pequeños negocios de favela,
pero la bestia está por rugir.
esas corporaciones serían tan grandes
para tener libros completos del cómplice.

La sola voz a la que confié fue una sola.
RAYO de la voz del intelectual.

Pero, ¿dónde estás?
¿Dónde estás?

Una clase social ha hurtado nuestra voz,
nuestra conciencia.

¿QUIÉN SE QUEDA CALLADO Y POR QUÉ?

Ya no hay voces que se escuchen.
Somos parte de un tercer espacio donde el Negro y el Blanco
Son dos factores de importancia, y el claroscuro de la razón, no es sino

SOMBRA
DEL OLVIDO
DEL NOSOTROS.

Pero todavía pregunto, dónde están
el Ilan Stavans, el Junot Díaz,
el Don Francisco, el Chavo del Ocho (RIP),
el Juan Villoro, el más amable caballero,
el Jorge Volpi, el espectro político,
Cuarón, expulsado de la industria muerta del filme mexicano,
Zizek, voz del pasado lacaniano y futuro freudiano,
como Rulfo caminó, o camina entre nosotros sin saber que está muerto,
Gabo con una carta de amor,
Lezama, callado y amado por el gran y único Cortázar,
Vargas Llosa y su discurso, como un tridente congelado.
Un esfuerzo escondido, frasco congelado de veneno.
Un Gómez Peña que está despierto, y lleno de alma;
un Junot, que su pasado opaca su orgullo;
un Pérez-Firmat, un Pedro Palou,
una Valeria Luiselli y su Álvaro Enrigue,
un Paz Soldán, y Liliana Colanzi,
esperando para que sus voces se escuchen,

para ser (RE) descubiertas.

Ha existido una forma para callar la voz de Joaquín,
reverencias a las pantallas
Encantadoras falsedades de futuros monofónicos:
no hay venas,
sólo cable;
no hay discurso,
sólo textos;
no hay humanidad,
sólo hay frío;
no hay fuerza,
sólo hay estaciones de carga;
no hay más impacto,
sólo el shock funcionará;
sólo hay entumecimiento,
sin dolor, sin voz.

NO
Hay
YO

Yo soy el YO.

No hay un Joaquín, somos la lápida que espera.

ABUELITO

River Coello

ABUELITO, cuando me preguntan por qué me vine acá, yo les cuento de tus visiones. yo les digo que, como mi mami se fue a guayaquil, yo me vine con solo viaje de partida. siguiendo el ejemplo de mis tías, yo me vine, aunque con más esperanza que valentía.

abuelito, cuando tú me preguntas por qué no regresé a casa, no sé cómo contarte sobre tener pasaporte de nuestro país y una cédula de identidad de este otro. con nombres y fotos e idiomas diferentes: todos míos. *chikan shutikuna, chikan rikchakkuna, chikan shimikuna: tukuyka ñukapa karkakuna.* tanto como lo era mi miedo a las interrogaciones en ambas tierras.

abuelito, yo me vine huyendo. de cómo el nuevo dios de nuestra tierra me prometió el infierno, solo para descubrir que de verdad es omnipresente. pensé que sería más fácil con invitación aquí, pero imperio es imperio. y el muerto al tercer día apesta. *kapakllaktaka kapakllakta kan. wañushka aychaka ashnan kimsa punchakuna kipapi.* y, como muerto, no me pude mover.

abuelito, ¿cómo vivo con cómo los dólares que nos “conectaron” matan todos los días? ¿cómo vivo con cómo extraen de nuestra tierra, con cómo matan a los cuerpos transgresivos y discapacitados en ésta, con cómo financian, en otras, tanta guerra? el precio de *mi* paz es más colonialismo.

abuelito, ¿cómo hago para seguir viviendo lejos de donde tú ya descansas? ¿cómo hago para vivir con cómo el pueblo vive con miedo y el bosque lucha con fuego? ¿cómo hago para de lejos ver a *mama kucha* sufriendo? ¿cómo hago para vivir con tanto anhelo?

CON TUS MANOS

Yarelis Díaz Soto

CON TUS MANOS formas el nudo
desgarrado en el viaje de ayer
en cada hebra
cuelgan palabras o sueños
que inventaste
y no me alcanzan
nado y nado con el pecho a gritos
intentando llegar a una orilla
que se aparta

atravieso
el paisaje un tanto nublado
carente de promesas
murmurando que el futuro es
                    la fragilidad
que llevo cargada en los hombros

a lo lejos
visualizo un charco de luz
invita a zambullirme
a flotar como si fuese la libertad
que merezco

I SAW THE TV GLOW

Alex Sastre-Rivera

What if she was right?
What if I was someone else?
Someone beautiful and powerful?
Buried alive and suffocating to death
on the other side of a television screen?
Owen, *I Saw the TV Glow* (2024)

EN EL DELIRIO inducido
por años de autoengaño
al son de aplausos
que celebran vida ajena
resististe el grito.

Mientras tu vida la absorbe
la luz fosforescente
del cine donde trabajas

la esposa e hijos
que nunca enseñas

el afán por un *show* de tv
que apenas recuerdas y ahora, te avergüenza

en fin el deber de cada día.

En el piso del baño
practicas morir
o quizás otra manera de encontrarte
fuera del espejo
para mirarte dentro
y ver eso que llevas años aguantando

eso que llevas lejos
en la distancia cómoda de la memoria.

Ese quien fuiste
antes de tomar el jugo de la nostalgia
enterrarte   conformar   y   entregar
a quien querías ser
          pero te aterraba
a quién guardaste en tu pecho
                    donde va tu corazón
                    en la jaula de tus costillas
                    la escondiste
pequeña   hermosa   y   triste.

Al enfrentarla
          le cerraste la puerta con esa camisa
          la que te queda grande
          la que usas todos los días para ocultar.

          Fuiste en procesión
          pidiendo disculpas
          a toda esa gente que ni te devolvía la mirada.

Qué triste pensar
que tu corazón no late más fuerte
por tu instinto de olvidar.

BRILLOS Y ESTRELLAS

Yutzil Martínez

LO ÚLTIMO que vio
mientras su rostro se hundía en el río Bravo
fueron brillos y estrellas.
Era un 4 de julio, Día de la Independencia.

DANZAR EN LIBERTAD

Yutzil Martínez

AHORA EL ARCOÍRIS ondea en la bandera,
en su mano alza firme una varita mágica
que estalla brillos y estrellas.
Su maquillaje muestra su verdadero rostro de diva.
En su país dejó el bigote que tanto odiaba,
dejó la vergüenza que le daba caminar fingiendo que tenía cabellera.

LIBERTAD

Dennis Maxwell

DE NIÑO SOÑÉ con la libertad.
En esos años la libertad tenía olor a campo,
a un plato de cazuela hecho por mi abuela.
Era una caricia de mi madre al despertar.
La calma que traía una suave canción sonando en la radio.

Mientras, afuera,
afuera la patria olía a pólvora, a pólvora y sangre.
Esto no es infancia, pensaba.
Me obligaron a crecer a los cinco años.
No quiero ser adulto,
no quiero ser parte de esta máquina absurda.
Si callo soy cómplice, si hablo me torturan, me matan.

¿Qué culpa tengo yo?
Yo no elegí nacer.
No elegí vivir bajo la sombra fría de un tirano.
No elegí vivir en silencio.
No elegí el miedo a la palabra,
ni hice de la palabra una sentencia.

Hicieron de mi vecino un enemigo,
de mis pasos una evidencia incriminatoria.
Me forzaron a no mirar atrás,
a caminar recto.
A hacer común los periódicos de recuadros vacíos.
Donde debía haber una fotografía, un rostro, había un espacio en blanco.
Me acostumbraron a los muertos,
al grito lejano de un centro de tortura.

Han pasado los años.
Hoy me encuentro aquí, y esa realidad la recuerdo
como quien recuerda una película dolorosa,
pero esa película fue mi infancia, mi adolescencia.
Esa película es mi historia.
Hoy la pesadilla se repite,
el miedo se repite.
Volvieron las noches de sueños de persecución.

Me rehúso a seguir huyendo.
No quiero volver a sentarme a la mesa,
en casa de mi amigo
y temer preguntar por el paradero de su padre.

Hoy he vuelto a imaginar la libertad.
He vuelto a sentir ese olor a campo.
A imaginar el plato de cazuela hecho por mi abuela.
A necesitar la caricia de mi madre al despertar,
mientras una suave canción suena en la radio.

POEMA A LA UNIDAD

Sophia Rerucha

PRENDO LA TELEVISIÓN
para escuchar las noticias del día
hundirme en el sofá
parece ser la mejor idea que tengo.
—¿te sientes impotente?— preguntas.
—sí— digo,— sí, sí.

mis abuelas,
mis abuelos,
tu madre y tu padre,
todos seres humanos en este mundo,
tratados como extranjeros, extraterrestres,
encerrados en jaulas, setenta en una sola.
lloro y sollozo, pero ¿de qué sirve?
espero que nadie sienta este dolor, el dolor que yo siento.
pero lo escucho,
lo veo,
tú también lloras.
te limpias el agua que sale de tu nariz
con la manga de tu camisa.

nuestras madres, nuestros padres,
pensamos en ellos.
los que han vivido,
los que han visto,
los que siempre estarán.

tomo tu mano,
limpio el agua de tu nariz.
—sígueme— te digo.
y tú vienes.

las noticias del día te dan inspiración
para actuar.
los comentarios de tus compañeros te motivan a buscar el cambio.
un marcador en tu mano
y una cartulina en tu regazo;
escribes desde el corazón,
a tu madre,
a tu hermana,
a tu hermano.
lo escribes todo.
sientes cómo se filtra por tu piel.
fluye dentro de ti, fuera de ti.
sales a las calles, mano a mano,
con quienes vivieron antes
y después de ti.

tus acciones demuestran tu corazón,
el corazón lleno de amor,
de dolor,
de angustia,
llévalo todo, como yo lo llevo,
pero si puedes soltarlo,
yo también lo haré.

CÓMO DEJAR DE TENER MIEDO A VOLAR

Bethsabé Huamán Andía

Mi país se derrumba, ahorita, en este momento, ya.
Volar es una necesidad, una urgencia, un sufrimiento.
Para el migrante que vive fuera de su tierra, a seis mil quinientos treinta y siete kilómetros de
distancia, no hay otra posibilidad.
Volar como los pájaros, como las aves. A ellos tendré que preguntarles,
¿cómo se vuela sin miedo?

El ritual inicia con un calzón rojo, rosado, rojizo, guinda
Sacar a Panda del ropero y ponerlo en la mochila de mano
Pedir rezos, dedos cruzados, una velita, buenas energías

Mi país se desangra, ahorita, en este momento, ya.
Nadie entra y nadie sale, todo está detenido, todo está infectado de la ineficiencia, ineficacia,
indolencia, mediocridad.
Un viejo aeropuerto se cierra, un nuevo aeropuerto se abre.
Un aeropuerto funcional se derrumba. Un aeropuerto incompleto e inaccesible se promociona.
Si los billonarios del mundo deciden invertir en la teletransportación, yo estoy lista
ready to beam up

El ritual continúa anunciando cada paso:
Hacia el aeropuerto
En la sala de espera
En el avión
Y cruzar los dedos hasta aterrizar sana y salva

Mi país duele, ahorita, en este momento, ya.
Es una herida infectada, maloliente, que supura y sin embargo, mi país es el más hermoso del mundo porque si pudiera lo elegiría nuevamente
a pesar de sus políticos: esos ladrones inescrupulosos que piensan que robar al país es una hazaña, sin saber que destruyen lo que luego heredarán.

Dicen que el aeropuerto es un no lugar, un espacio de tránsito, impersonal y errático.
Hoy es simplemente la realidad caótica de un gobierno que no tiene aceptación pero mata.

El ritual recomienza cada vez
Y en los momentos de turbulencia
Aprieto a Panda, cruzo todos los dedos
Y pienso en las aves
Pienso como las aves
que extienden sus patas y se detienen sobre la tierra

El aeropuerto fue el primer lugar en Lima en tener escaleras eléctricas.
Una explanada larga donde se podía ver despegar y aterrizar aviones.
Mi primer viaje sola a México y mi mamá enseñándome cómo subir con el *carry on* por las escaleras mecánicas.
Ahí recibí y despedí a varias parejas, amigos, familia.
Ahí lloré muchas veces la partida de mi tierra, a la cual siempre dejaba con tristeza y remordimiento.
Ahí ya no habrán más recuerdos.

El ritual consiste en conectarse telepáticamente o vía wifi
Con quienes les importe
si estoy entre las nubes
o pisando tierra firme

Mi país se muere, ahorita, en este momento, ya.
Hay una foto con la banderola "Mujeres en lucha", el movimiento de mujeres al que pertenecí desde los tres años.
Era una buena militante porque nací con la estrella en la frente y la mano extendida en un puño. Nací luchando contra la preeclampsia y

contra las estadísticas de mortalidad por abortos clandestinos. Yo soy una sobreviviente.
Mi madre es una sobreviviente.
Pero igual, vamos desapareciendo lentamente.

Cuando vuelo pienso en los pájaros, en el modo en que extienden sus alas y bajan sus patitas para aterrizar. Me digo bajito, "como las aves, como las aves", aprieto a Panda, cruzo los dedos y cierro los ojos. La superstición me protege.

Mi país es allá, ahorita, en este momento, ya.
Sé que debería hacer algo, pero no sé qué hacer, ni cómo, ni cuándo.
Solo sé el por qué.
Porque es necesario, es vital volar sin miedo a caer, sin miedo a fallar.
Seré pez y seré ave, seré un pez que vuela o un ave que nada para salvar este país del que nadie sale, al que nadie llega, pero es el país que yo cargo conmigo en el corazón.

FICCIÓN

YO VI A UN HOMBRE LLORAR

Natasha Rangel

Respeto mucho al hombre que llora.
Yo vi a un hombre llorar.
Clarice Lispector

MI PAPÁ ERA UN HOMBRE GRANDE que apagaba fuegos. Escondía su voz porque decía que, de emplear toda la potencia de su rango, asustaría a la gente. Le pedí que me lo mostrara, y sí, me asusté. La verdadera voz de mi papá sonaba como erupción volcánica. Te fisuraba en tu sitio. Así era su llanto también. Cuando le telefonearon para decirle que su mejor amigo había muerto tras las secuelas de un accidente automovilístico, papá salió corriendo del baño y se arrojó a la cama. El aterrizaje destrozó los resortes del colchón. Vivíamos en un apartamento tipo estudio sin lugar para la privacidad, el baño-cuarto-sala-cocina-todo-junto como chorizo mental. Un hombre necesita una habitación propia para llorar, pero papá no la tenía. De modo que se conformó con extraviar el rostro entre los brazos. Trató de escudarme de su dolor, pero yo lo escuché. Recuerdo albergar el ligero temor de una explosión. Mi papá, que siempre me pareció gigante, una persona que sujetaba malandros en el aire antes de que se escaparan del autobús; sería derrotado por ese llanto de pecho. Yo sabía poco sobre la muerte y no me habían contado aún de las maravillas del cielo cristiano. En cambio, sí conocía de fantasmas y de la maldición de Heathcliff, y me pregunté si mi papá estaría tratando de desgarrarse, de horadar el velo entre los mundos con su voz, para obligar a su amigo a que lo persiguiera.

Convertirse en la matriz de una ausencia.

Supongo que fue este episodio lo que me hizo entender el llanto como un conjuro. Cuando lloro por el país del que no se vuelve, como escribió la cubana Damaris Calderón, lo hago para que me atosigue, para que no desaparezca de mí. Cuando lloro por el embarazo que perdí, me inflamo con el deseo de que mis coágulos desprendan el brillo de las luciérnagas. Cuando lloro porque me pesa la urgencia de una identidad, lo hago para quitarme la mordaza insular y, sobre todo, para invocar el abrazo de mi abuela, mi ancestra de sal. "Veo lágrimas, veo lágrimas para ella", dice mi tía bruja mientras me lee las cartas desde donde no la toca el mar. Las lágrimas son mi pugilato, el único lugar donde permito que papá encaje todos los golpes. De él tengo los ojos, el llanto tumba, y los pies delgados y descalzos para sentir la lluvia. Qué frágil eres, papito mío. Míranos, me piden que escriba de la urgencia, y eres tú quien me desperdiga las oraciones. Tu llanto se subió conmigo al avión, me arrugó la ropa en las maletas y abrió surcos en las noches blancas del desierto.

Sobrevivo en mi hipo, en mis lagrimales desfigurados por la fuerza del agua que contengo. Lloro porque una vez vi a un hombre llorar, y ese hombre era mi papá.

TODAS LAS MOSCAS LA BESARON

Viviana Gonzales

TODAS LAS MOSCAS LA BESARON, las lenguas de las moscas dibujaron *teamos* moribundos en las heces calcinadas de sus calles. Esta ciudad que parece inerte se despierta al alba con la luz en los ojos. La luz a media tarde. La luz en la noche. Su luz me persigue y no puedo sentarme a decir ¡heme aquí yo con el dolor que siempre me sobra! No puedo porque su luz me doblega y entra y toma mi escritorio, el pasillo, el gato y a mi vecino con el teléfono en la mano, *nineoneone.*

Yo extraño la vida, la aglomeración. La masa. Esos jovencitos empujando sus cuerpos a las dos de la tarde. La lírica del oficinista. Esa no libertad. Esa no soledad cuando camino las calles de madrid, méxico, la paz o nueva york. Un hombre me arrastra. Una mujer en el pasillo del supermercado me dice, ¡pinche asalariada! Y yo voy de golpe en golpe con la lluvia chorreando por mis nalgas. La clásica muchedumbre de la ignorancia. La naquez del vecino. La inmundicia del poderoso. La corrupción enterita. La ciudad mía tomada por mis diez dedos, embarrada como lodo en mi cuerpo, en mi sexo. La ciudad que sacude su presencia visible. A la que le digo no quiero verte. Toma tu odio, tu enfermedad, tus rabias, tus malditos virus encaramados en las narices y las bocas de tu gente que cada vez que hablan me escupen porque no tenemos espacio. Esa ciudad de latidos ardientes que me desconcentra de lo importante. Ese paisaje que es la inanición de sus perros.

Aquí, sin embargo, desprecio y bendigo a partes iguales la pulcritud, la perfección de sus calles. La sonrisa siempre amable del sureño. Las cabecitas como alfileres rumbo a la iglesia los domingos a repetir los mismos cantos marchitos. Debajo de la piedra hay un nuevo camino de insectos. Los niños esperan a una araña tejedora. La familia. El diospadrehijoyespíritusanto. La plegaria por los otros: aquellos infelices, escarabajos clandestinos.

¿Qué hago si extraño a los leprosos, la mierda, el hambre y las protestas? Los miedos se esconden en mugrientas periferias donde puedes morir a diez pesos el kilo de carne humana. A diez el litro de sangre. La carnicería. El olor de las vacas en los mercados; esa sensación de repugnancia y placer. La perversión de sus gentes. Sus pezuñas llenas de finos hilos negros y nuevamente la sensación de querer vomitar.

Aquí, la hipocresía de los bienaventurados, los lubricantes en los coños de las mujeres lindas. Blancas. Rosas. Los labios inflamados. La sonrisa retocada de la foto de la clínica del dentista: la administrativa perfecta y la asistente del doctor de ensueño. La luz impecable, esa misma luz de las postales navideñas con la familia completa y su clásico fondo azul. *Peace and joy*. Las mentiras y las perversiones de los puritanos. La ardilla. El *racoon*. La zarigüeya. El armadillo. No todo horizonte es el futuro y, sin embargo, los porsches, los aston martin, los ferrari. Volteo y ahí están. Ellos no me miran, no tienen por qué hacerlo. Y yo sé que las mismas moscas que me siguen los besan. Se sientan en sus caras. Imagino una escena donde la mierda fornica con el bello, el guapo, el perfecto. Luego borro esa escena de mi mente. Porque no quiero. Prefiero deleitarme con sus parajes. Su silencio mezquino. Sus mansiones. Su sonrisa de dos milímetros. Su belleza deforme. Su blanquitud. Su aburrimiento. Este desasosiego que siento. La asfixia constante del cemento.

Después los maldigo. Maldigo sus porsches, sus casas, su perfección, la producción de su belleza. Les sonrío y suplico: ¡no permitas, señor, la sodomía, las víctimas, las traiciones, bendíceles únicamente a ellos! Veo sus calles y digo: ¡aquí estoy, limpia, sonriente, con las axilas depiladas, dueña de mí misma. *American dream*, ¡yo sí te creo!

Pero luego aparece un hombre desnudo, se tambalea en la acera. Avanza sin tocar el sueño. Si se cae nadie vendrá por él. *No garbage collection*. El hombre me llama. Lo miro por el retrovisor y lo ignoro. Ven, me dice. Y me habla del tiempo y el odio. Es un odio mudo, pero no por eso inexistente, se camufla en las casas, se disuelve en el café, en las margaritas, en los cereales. Ven al mundo del odio. Me invita, pero yo no quiero entrar. Anuncia la falta de fe en estos tiempos. Yo no le creo. No confío en alguien que se tambalea entre dos aguas. ¡Cáete!, le digo. No veo. No quiero ver el dolor de su cuerpo. No veo el doblez de la hoja donde anoté: *aquí también el hambre y el destierro*. Aquí también la miseria y el dolor. ¡No!, mi linda niña, América mía, hay que callar a este loco. Voy a arrojarle piedras que son pájaros. Yo ansío la libertad —tú, enfermo miserable, no me la vas a quitar—. Vine por la niña rubia de vestidito azul y zapatitos finos y la encontré; mi América de los sueños, *my sweet, innocent and righteous little girl.*

La insuficiencia renal de los enfermos de diabetes. El color púrpura de sus muertos solitarios bebiendo whisky a las nueve de la noche. Los zombis sentados en las cafeterías. La transformación de las anatomías de los cuerpos. Las grasas putrefactas y asquerosas resbalando en las sillas de discapacitados de los supermercados. La lengua. Las arterias. Los vicios. Quise jugar a tu juego y salí preñada con un bastardo. Mezclé mi saliva con los jugos de tu sexo para decirte ¡oh omnipotente, poderoso! ¡Oh macho cabrío cógeme por la espalda, descarga tu ira en cada empuje! ¡Dame más, más, maldito cerdo rosa! Lubrica mi vagina prieta. Escurre tus hilos blancos, tu gloria *because yours is the power and the glory*. Quise quemar tu iglesia pero luego formé parte de tu culto. *¡Freeedom, freedom, freedom is this, don't tell me anything else!*

Me rendí ante la evidencia de la quietud de las calles de houston. La mansa servidumbre de mi gente ante los suyos. El orgasmo y los cantos de alabanza que no paran. Las traiciones de los míos. Los ví cogiendo unos a otros y salí asqueada. Veo a sus feos hijos bastardos. Yo soy una bastarda. Mi madre también se dejó coger por ellos. Y yo. Y mi marido, en cualquier acto de jotería. Nos cogieron por la espalda, de frente, como perros. Nos bebimos su semen con cada felación. Nos pintaron de azul, rojo y estrellitas. Y nos quedamos sonrientes con una sonrisa de imbéciles en la boca, alucinando sueños. Sueños húmedos de pan y vino.

UN CUERPO ROTO EN LA MALETA

Juan Carlos Quiñones

ARRASTRANDO UNA MALETA ROJA llegué a esta casa, a este hotel de paso, a este Airbnb, a esta isla incierta hace algún tiempo, y ya para entonces estaba tomada. Llegó mi mente. Mi dedo. Llegaron a pisar lo granulado los dedos diminutos de mis pies negros por el dorso y amarillos al empeine arrugado. Llegué descalza y calzada. Fue como pisar el fondo polvoriento de un cráter lunar. Granos grises y quietos, solamente perturbados por un *dreadlock* largo que salía por la cremallera de la maleta, pillado. La punta del *dreadlock* dejaba un rastro zigzagueante en la arena amarilla, como una mecha larga de bomba sin principio ni final. No llegué sola, pero arribé a estas costas como si lo estuviera. A esta playa. ¿Dónde estaban las otras, los otros cuerpos? ¿Los látigos, los arcabuces, los iPads de los secuestradores que mandan en esta travesía? Lo primero -la costa- se dice, se escribe luego de desenrollar el mapa antiguo u oprimir la aplicación de *Google Maps* y posar el dedo en el contorno desigual de la isla plasmando ahí en el cristal o el pergamino. Imagen dibujada en tinta china o satelital. Lo segundo -la playa- se dice/escribe luego de haber contemplado la línea blanca, espumosa y sinuosa que divide la arena del agua desde la cubierta de un barco de madera o desde lo alto, por la escotilla de un avión comercial que acaba de traspasar una capa de nubes en movimiento de descenso hacia la tierra firme si es que así puede llamársele a la arena y a la piedra volcánica que conforma la isla. Las islas. Lápidas tumbadas por todo el litoral como estalagmitas al borde de un cráter. Cartografía de astrolabio o satelital, traslación marítima o aérea en tiempos distintos, la misma isla que se repite regresando distinta a los ojos y al tacto y al grafito. Versiones del viaje.

¿Era premeditado este movimiento inmemorial y súbito desde el aire y el agua hacia la arena? ¿Era voluntario? ¿Compulsorio? ¿Fortuito? A veces. Depende del tiempo. De los tiempos. De la hora. Del siglo. Del planeta. ¿Del tiempo como transcurrir o el tiempo como clima? A saber. La historia de las migraciones es la historia de innumerables hileras de cuerpos marchando, marchando y dejando estelas en la arena de los desiertos. La breve raya de espuma que deja la quilla de una embarcación sobre la piel azul verdosa del mar.

¿El asesino, esta vez? Otro. El mismo cuento repetido. La Historia, esa mentira blanca. Lo incierto puede ser a veces una ventaja poderosa. Un arma de resistencia, o un escudo. La confusión que puede causar lo indefinido puede ser desplegada de maneras ingeniosas contra el enemigo. Dejar difuminados los contornos de las figuras en el lienzo, la pantalla, el mapa. Olvidar el nombre de las cosas a propósito. Desdibujar, mentir, falsificar, inventar, plagiar. Hacerle terrorismo al Imperio de lo fidedigno, del detalle y los pormenores. Desmemoriarse. Así se resiste. Así también es que se le pudre el alma. La de los *dreadlocks* largos. La del dorso oscuro de las manos y los pies. La Múltiple. Así es como a ella se le empaña de musgo el dorso óseo de las uñas.

¿El crimen? No lo detallaremos. Es el mismo que se viene cometiendo desde antes, desde siempre con otros nombres, otros rostros, otros implementos de exterminio. Otras racionalizaciones. Cementerios dispuestos adrede en las playas de las islas para que las mareas huracanadas se lleven arrastrados los huesos de los pobres muertos negros. Una isla entera que es todas las islas sometidas, metida a la fuerza en una maleta roja.

Así es como te pudres. Así es como se te pudren y se te caen al suelo el alma y las uñas. Se las traga la tierra. Pero antes de pudrirte en tu fosa sin cruz ni seña, sueñas. Recuerdas. Escribes. Suspiras vomitando el alma. ¡Qué viaje! Y arañas, querida. Raspas.

Es así. De esta manera orgánica y ficticia es que fabricamos nuestro propio fantasma acá en las islas siempre rojas, siempre sucesivas, siempre al filo del abismo, siempre levitando al borde mismo de la superficie.

LA PEQUEÑA HAMBRUNA

Amarilis Vega

—¿ME TIENES MIEDO?

—No.

—Sí, ya me di cuenta. ¿Me puedo sentar contigo? ¿Quién va a recibir esa cajita con comida y juguetes? ¿Qué es, una niña o un niño?

—Sí, te puedes sentar conmigo, pero tan sólo si me cuentas la historia de porqué estás aquí sola. Mi hija me pidió la cajita.

—Regálamela a mí porque tengo hambre. Cómprale otra a tu hija.

—Regálame tu historia y la cajita es tuya.

Los minutos de suspenso deambulan en mis oídos. La niña a su vez trataba de decidir si se atrevía a revelar su presencia en el lugar. Pero el poder de la comida, los juguetes y mi oferta adicional de un helado de chocolate la hizo hablar.

—Se supone que no diga nada porque la Señora Foster me dijo que no puedo decirle a nadie quien soy. Me pueden llevar lejos de mamá y mi *daddy* que está en la cárcel. Sabes, es como un juego, yo me porto bien y puedo venir a comer a *McDonald* todos los días. Ella me dijo que no tiene dinero para comprar comida. Ella y su novio se van a trabajar durante el día y no me pueden cuidar. Aquí puedo jugar, ver otros niños y comer. El próximo año iré a la escuela cuando cumpla cinco años. Voy a aprender a escribir y a leer.

Se me olvidó sonreír. Se me evaporó el hambre.

Desbordé mi mirada sobre ella y se me cayeron los párpados por el peso de la angustia. La conciencia me exigió que la mirase. Logré dominar mis pensamientos y le hablé con una falsa tranquilidad:

—Una niña tan inteligente como tú debe tener un nombre especial. ¿Cómo te llamas?

—No te lo puedo decir, es parte de las reglas del juego.

—Yo lo puedo adivinar si me dices la primera y la última letra de tu nombre. Y te lo puedo decir más rápido si me dices cuantas letras tiene tu nombre. ¿Sabes contar? Mi hija se llama Cristal, su nombre tiene siete letras y tiene cuatro años como tú.

—¿Cómo supiste que tenía 4 años? Me gusta el nombre de tu niña. No se lo digas a nadie, pero el mío es...

La bocina de una camioneta último modelo sonó tres veces. El pánico la invadió en una fracción de segundo. Su rostro palideció. No quiso escucharme. La niña agarró mi cajita de comida con juguetes y salió corriendo sin despedirse tras escuchar su nombre, Miranda.

FANTASMAS EN EL AULA

Chloe Balzer

A VECES ME PREGUNTO cuántos fantasmas habitan un aula. No los del otro mundo, sino los de este: ausencias vivas, voces silenciadas, presencias que no encuentran su lugar.

Les daba la bienvenida a mis 120 estudiantes de catorce años en la puerta con un fuerte apretón de manos, contacto visual y un saludo cordial cada día antes de comenzar la clase. Les enseñaba un curso acelerado sobre identidad y empoderamiento. Al explicarles mi razonamiento detrás del incómodo y extraño gesto, noté cómo varios ya se habían sentado y prendido sus móviles, ignorándome sin malicia, pero con costumbre.

—La verdad es incómoda, entonces es necesario acostumbrarse al sentido de la incomodidad —les mencioné.

Les dije que íbamos a tener conversaciones difíciles y necesarias, y que por eso necesitábamos construir una comunidad segura. Les conté que, según algunos estudios, cada persona necesita al menos nueve formas de contacto al día para sentirse conectada al mundo: una caricia a tu gato, un toque ligero de tu amigo y hasta un abrazo a ti mismo. El último día de clase, todos tuvieron la oportunidad de saludar a nueve compañeros con un apretón de manos.

La primera línea está en el aula, y sigue estando. Mientras preparaba mi lección para el primer día, visité los cuatro salones donde iba a enseñar para alistarme de otra manera. Conté las ventanas, verifiqué si las puertas tenían doble cerradura y medí los pasos desde el último asiento hasta la salida. Al observar a mi primer grupo de estudiantes, me fijé en el mar de rostros jóvenes, notando quiénes estaban más cerca de mí. Sin darme cuenta, empecé a evaluar cómo los protegería con mi cuerpo si ocurriera un tiroteo escolar.

No quiero vivir con miedo. Pero es difícil no hacerlo en un mundo cada vez más aislado, que sigue optando por la conveniencia en vez de la conexión. Si estoy dispuesta a morir por ellos, entonces también debo enseñarles a vivir. A estar presentes.

Robin Dunbar, un antropólogo británico, sugiere que nuestras comunidades están estructuradas en capas: cinco relaciones muy cercanas, quince buenos amigos, cincuenta amigos y hasta ciento cincuenta contactos significativos. Bromeé con mis estudiantes que ya casi alcanzaba esa capacidad con ellos. No creo que el número sea muy importante, pero el concepto me parece revelador. He observado cómo hemos contribuido, aunque sin intención, a una generación adicta a la desconexión. Pero a la vez, quizás es más que estamos inundados con información constante. Biológicamente no fuimos diseñados para cuidar a cada rato de un mundo entero.

Pensé en mi propia adolescencia. A esa edad no se me permitía tener móvil, ni siquiera un iPod Nano de séptima generación que apenas había sido lanzado. En vez de eso, mi papá me regaló su radio transistor New Wave de los años 80, así como su viejo disco compacto portátil unos años atrás. Como tal, yo no era popular, pero no había mucho que demandaba mi atención a cada segundo y por eso, ahora, estoy agradecida. Tal vez esa diferencia de ritmo es lo que me permite ver con tanta claridad lo que hoy se está perdiendo.

Les ofrecí mi propia definición: "Comunidad es, por lo menos, dos personas que se conocen y que interactúan y punto. Calidad sobre cantidad", añadí, con un guiño. Si no puedo lograr que un estudiante se preocupe por su compañero sentado a su lado, quien también está con su móvil, perdido en un mundo al que no puedo acceder, ¿cómo puedo esperar que se preocupe por los niños que mueren de hambre en otro país por culpa de nuestro gobierno?

Reflexioné sobre mis años trabajando en restaurantes de lujo y de estrellas Michelín. Hubo muchos momentos en que parejas llegaban para su reservación, hecha meses o incluso años atrás, pero con una sorpresa:

—Mesa para dos—decían, sin mencionar al bebé dormido en el carrito.

—Creo que serán tres—respondía la anfitriona.

—Pero el bebé va a dormir y no va a comer—replicaban los padres.
—Aun así necesita silla—añadía ella—, y tu bebé cuenta como persona.

Durante esas cenas, solían tener razón: el bebé dormía o miraba una pantalla, típicamente un iPad o un móvil, como si fuera un biberón tecnológico.

—No digas nada— susurraban mis compañeros. Fue entonces cuando empecé a observar los efectos tempranos de la generación iPad.

La apatía mata. Y mi enemigo es un algoritmo y un mercado vendido en videos de treinta segundos, el nuevo crack lleno de dopamina que no permite a mis estudiantes vivir sus vidas en paz. Los veo retorcerse en sus asientos, incómodos, esperando sus cinco minutos de descanso para sacar los teléfonos. ¿Cómo criamos y fomentamos pensadores críticos en una era que amenaza la humanidad en su esencia? ¿Cómo convenzo a mis estudiantes de que se preocupen? ¿Y qué pasa si estamos perdiendo una generación en una muerte lenta y silenciosa, una desaparición diaria, que ya está ocurriendo frente a nuestros ojos? Tal vez esos también son fantasmas: presencias distraídas, adolescentes vivos que ni saben cómo habitar el aquí y el ahora.

Así que vuelvo a lo básico. Mi presencia es resistencia. Mi forma de ser, de comportarme y de identificarme es una rebelión en sí. Dejé mi móvil en mi mochila durante mis horas de enseñanza para modelar una vida presente.

Nunca compartí con ellos mi razón más personal para recibirlos de esa manera. Solo quería que cada uno supiera, al menos una vez al día, que era escuchado, visto y que importaba. Simplemente por estar ahí. Lo más importante para mí, al final, era asegurarme de no ser yo otro fantasma en el aula.

AL NORTE DE UN ÁRBOL

Roberto Leni

EL VIEJO PABLO nunca se perdía un partido. Con lluvia, trueno o calor, se paraba ahí al costado del campo tomando su yerba mate, como si fuera uruguayo, o como un prisionero en uno de esos lejanos campos de concentración que todos quieren olvidar. Su cabeza flotaba de un lado a otro de la cancha siguiendo cada jugada.

La pelota cuadriculada blanca y negra, volando por los aires, girando como en dirección opuesta a través del espacio, en su trayectoria con fuerza al poste izquierdo en el arco del contrario. El centro, extraordinariamente bien servido, lo hizo sonreír, pero era una sonrisa contenida. Ver al puntero izquierdo de su equipo saltar y, con un movimiento rápido de la frente, perder la esfera en los anales del arco del equipo contrario. Lo que realmente tenía ganas de hacer era reír a carcajadas, saltar y gritar, hasta que sus pulmones no dieran más, incluso si eso pudiera significar derramar la guampa ultra-dulce de mate en sus manos.

Siempre fue el primero en llegar a todos los partidos en domingos por la mañana. Llegaba al campo indicado antes que todos los jugadores, entrenadores, árbitros y espectadores. Cuando los jugadores comenzaban a llegar, el Viejo Pablo ya estaba enfrascado en la ceremonia de preparar su tercer o cuarto mate de la mañana, vertiendo lentamente el agua hirviendo de su termo dentro de la calabaza rebalsado de yerba, agregando el azúcar al final.

Con la parsimonia que enseñan los años, sacaba su pañuelo blanco y limpiaba la bombilla plateada, que siempre lucía en el bolsillo del corazón de su chaqueta, camisa o abrigo. Era la única herencia que le dejó su padre, quien a su vez la había recibido de su madre, remontándose así siete generaciones.

Viejo Pablo era viudo. Su compañera Sirena murió meses después de que él fuera encarcelado en el campo de concentración de Puchuncaví, en el centro de Chile. Nunca le había gustado mucho el fútbol, ni lo practicó tanto en su juventud, mayormente por falta de tiempo. La mayor parte de su infancia y juventud la tuvo que pasar trabajando en el campo, arreando vacas, domando caballos, alimentando chanchos, mientras los hijos de los terratenientes de su edad jugaban al originario juego chino del balón pie.

Lo que en realidad deleitaba al Viejo Pablo de aquellos entonces, durante su adolescencia y lo que más hacía con el poco tiempo libre que tenía para sí mismo, era cabalgar a velocidades fulminantes por los fértiles valles, mientras contemplaba el mundo desde las alturas del caballo a toda velocidad. El ritmo del galope lo transportaba, el calor de la bestia sudando bajo de sí, el sedante sonido de un antiguo y profundo tambor en él, mientras las patas del caballo golpeaban con ritmo, y se elevaban con fuerza desde el suelo.

El Viejo Pablo pasó tres largos años preso. Un maravilloso sentido de solidaridad entre la mayoría, si no todos los prisioneros, ayudó. En cierto modo, todos ellos tuvieron suerte de estar en un campo de concentración en lugar de en una de las antiguas cárceles del país, donde muchos más, cientos y miles, fueron encarcelados con "prisioneros comunes". Al menos en Puchuncaví todos eran PP (Presos Políticos) o PC (Presos de Conciencia). Tuvieron suerte de que sus cuerpos no estuvieran entre los de las fosas comunes, o en el fondo del mar con un trozo de riel atado al cuello, desmembrados, fusilados o desaparecidos.

Fue en Puchuncaví donde el Viejo Pablo se enamoró del fútbol. Los presos jugaban cada vez que podían y los equipos se formaban de acuerdo a la afiliación partidaria de cada cual. Los socialistas formaban un solo equipo, mientras que la Izquierda Cristiana y el MAPU, menos numerosos, se unían para hacer el suyo. El MIR siempre tuvo el mayor número de jugadores jóvenes en su equipo. Y nunca quedaba claro, hasta el último minuto, si los comunistas participarían en el torneo, ya que el fútbol, en ojos de muchos de sus miembros, era considerado "ideológicamente problemático".

Muchas de las pelotas de fútbol que traían con mucho sacrificio los familiares de los presos, durante las escasas horas de visita permitidas, terminaban siendo pateadas por encima de los altos alambrados de púa, o hacia el "huerto", como la llamaban los presos, por estar estos terrenos sembrados de minas.

Un preso joven, harto de las regularizadas y metódicas torturas y palizas a las que eran sometidos, pateó con rabia una de las pelotas hacia el huerto, haciendo explotar una de las minas. Desde ese entonces, se convirtió en cotidiana práctica para desinflar la ira y apaciguar la rabia, la frustración, el dolor o, simplemente, para reír a carcajadas un rato, al ver a los soldados saltar cagados de miedo.

La final de un mini-torneo de fútbol en particular se celebró con una noche de sketches de un acto y música en vivo, proporcionada por el grupo musical improvisado por los presos, "Los mil y uno". Y se llamaban así, porque sus miembros eran un músico alto y flaco tocando quena, seguido de dos bajitos y gordos tocando guitarra, charango y tiple; seguidos de otro músico, alto y flaco, tocando zampoña y bombo.

Mientras estuvo preso, el Viejo Pablo podía oler el mar. Sabía que estaba allí en los alrededores, especialmente de noche. Respiraba hondo la brisa del océano Pacífico. Y pensaba entonces en todas las olas que Sirena y él habían contemplado juntos. Cada ir y venir de olas con la espuma rugiendo en su cresta... pero ahora ella ya no estaba, ni volvería más.

En 1976, Viejo Pablo fue expulsado de Chile a vivir en el exilio en Estados Unidos. No fue fácil al comienzo. Se vio obligado a tener que aprender a conducir para poder comer. Y tuvo que aprender a hablar spanglish y acostumbrarse a que lo llamaran mexicano sin saber mucho del país, "tan lejos de Dios y tan cerca de los Estados Unidos". Gracias a la solidaridad de la Unión de Campesinos, la UFW, el Viejo Pablo, entre muchos otros exiliados, tuvo la oportunidad de recibir capacitación laboral. Se convirtió en técnico informático en el recién nacido Valle del Silicio. Después de años de dedicación y mucho trabajo logró comprarse una pequeña casa.

Conducía un Impala blanco con asientos beige de cuero sintético. El vehículo era tan grande y largo, que cada vez que el Viejo Pablo se subía a él, cosa que hacía como si montara los caballos de su juventud, apenas se le podía ver, razón por la que los futbolistas lo apodaron "el fantasma en ruedas".

Una tarde cualquiera, después de años de trabajar para la misma empresa, tras conducir de casa al trabajo de ida y de vuelta, día tras día, no logró dar con su hogar. Se sintió completamente desorientado. Manejó durante horas cerca de su casa, sin ser capaz de dar con ella. Perdido y cansado de andar en círculos, el Viejo Pablo se dio por vencido y se dirigió a casa de los Sepúlveda, una familia de exiliados que vivía en los alrededores.

Una vez en casa de los Sepúlveda, a nadie le pareció extraño el aprieto en el que se encontraba el Viejo Pablo, debido a las duras vidas que todos habían tenido que soportar. Y, después de un par de tazas de té y muchas bromas sobre la amnesia, la vejez y sobre todo acerca de los exhaustivos métodos pedagógicos militares, Jorge, el hijo mayor de los Sepúlveda, guio al viejo de regreso a casa.

Después de agradecerle a Jorge y verlo alejarse, el Viejo Pablo, parado en la vereda del jardín de su casa, miró las pocas estrellas visibles a través de la luminosidad urbana, extendió sus brazos y soltó una sonora carcajada, haciendo eco en las sombras de la noche, risa que rápidamente se convirtió en lágrimas que rodaron cuesta abajo por las grietas de su arrugado rostro.

Fue entonces que entendió que el viejo árbol frente a su casa, que fue su sur, guía e íntima coordenada en la geografía de la adoptada ciudad, había sido cortado por los Servicios de Parques y Recreación de la Ciudad de San José, California.

PARTE CLÍNICO DE UNA NACIÓN

María Mínguez Arias

PARTE CLÍNICO DE UNA NACIÓN
DEPARTAMENTO DE URGENCIAS
COUNTY HOSPITAL
ANYWHERE, USA

Nombre completo de la paciente Estados Unidos de América.

Fecha de nacimiento 1776 (no corroborante).

Nº de historia clínica Ausencia de historial clínico por falta de seguro médico.

Información de contacto (dirección, teléfono) La paciente se presenta desorientada y sin documentación alguna. Solo recuerda el nombre que se inventó ella misma y, muy vagamente, la fecha de nacimiento que, según ella, coincide con el año en que escapó de casa (un lugar llamado Europa). Ya no le quedan familiares ni amigos. Ofrece la información de contacto de la vecina de arriba, de nombre Canadá, y la de abajo, de nombre México; aunque avisa que ahora mismo no están en speaking terms. Jura no haber hecho nada para merecer semejante desplante.

Fecha y hora de inicio de la atención 4 de julio de 2025 a las 4PM.

Motivo de consulta o ingreso La paciente acude a urgencias preocupadísima por su grave falta de exaltación patriótica. Habla aceleradamente. Además, se queja de haber perdido toda capacidad de escucha, y de que cuando intenta hablar solo le sale mierda por la boca. Se siente abandonada y perdida.

Descripción de la enfermedad actual La paciente presenta un cuadro nervioso crónico y DD/deshidratación democrática por diez años de ingesta populista con su correspondiente diarrea verbosa y anal.

Antecedentes relevantes del paciente (personales, familiares, quirúrgicos, alérgicos) Historia de ocupación de un hogar que no era el suyo, exclusión y sometimiento de otras naciones, establecimiento de jerarquías raciales y económicas. Simplificación identitaria. Delirios de excepcionalidad.

Resultados de la exploración física Laringitis e inflamación abdominal. Déficit cognitivo. Posible empobrecimiento del espíritu. Presencia de heces en el torso, cabeza y extremidades superiores e inferiores. Flatulencia.

Resultados de pruebas complementarias (análisis de sangre, radiografías, etc.) Las pruebas radiológicas, endoscópicas y colonoscópicas confirman el diagnóstico inicial. La extracción de sangre se pospone hasta nuevo aviso (no hay precedente protocolario para la extracción en una nación con la sangre tan fría).

Diagnóstico principal y/o diferencial Infección por sobreacumulación de soberanía en los órganos vitales. Cerebro, laringe e intestino grueso presentan un alto grado de morbosidad por extensa acumulación de mierda resultante en el déficit cognitivo y la diarrea verbosa y anal. Posible trastorno de identidad.

Tratamiento administrado en urgencias Sedante, suero democrático intravenoso, mucha escucha, dos cajas de klínex para la incontinencia lacrimal y mucosa, una buena ducha de agua caliente y un abrazo.

Recomendaciones y plan de seguimiento, incluyendo posibles restricciones (dietéticas, de actividad) Restricción del uso de tecnologías reduccionistas (e.a. redes sociales, IA...). Disminución drástica de ingesta populista. Aumento gradual de contacto humano (café con las vecinas, etc). Terapia cognitivo-conductual para el manejo de los comportamientos asociados con la culpa y la vergüenza. Curso intensivo de historia del continente americano. Seguimiento urgente con especialista en diagnóstico y prevención del fascismo.

Pronóstico Reservado.

firma ilegible	4 de julio, 2025
DRA. DE ESPECIALIDAD DUDOSA	FECHA

AUTORES

Kadiri Vaquer Fernández (Puerto Rico) es poeta, traductora y profesora de lengua, literatura y cultura en Monterey, California. Su primer poemario, *Andamiaje*, fue publicado por Ediciones Callejón (2012) y el segundo, *Ritos de pasaje*, por La Secta de los Perros (2019). Sus poemas han sido publicados en revistas y antologías como *Arc Poetry*, *The Puerto Rico Review*, *80 Grados*, *Cantera*, *Claridad*, *Furman 217*, *In My Secret Life*, etc. Ha sido traducida al inglés, francés e italiano. Entre sus traducciones se encuentran la antología de literatura dominicana, *Literary Works by 10 Dominican Women* y el poemario *All That Was Future* de Iliana Pichardo Urrutia.

August Beltrán is a Mexican American college student from South Carolina. She started writing during her sophomore year of high school and is currently pursuing a double degree in Spanish Translation & Interpretation and Psychology. Her literary work can be found in *Other Women Worldly Press*, *Broken Ink*, *Audience Askew*, and *Wingless Dreamer Publisher*. She hopes that her words can be a voice for her community.

Ana Luengo vive en una colina californiana desde la que lee, escribe y viaja. También es profesora de literatura, cultura y últimamente historia del arte en San Francisco State University. Ha publicado el cuento infantil *Lucas tiene superpoderes*, la novela *Mi bien esquivo* y el poemario *Inconclusa sinestesia.* También ha escrito un montón de estudios sobre la memoria histórica, los movimientos sociales, el anticolonialismo y los psicodélicos. Ahora está trabajando en su última novela, donde todo está conectado.

Kianny N. Antigua es escritora, traductora y narradora de audiolibros. Trabaja como profesora titular de español en Dartmouth College y como traductora y adaptadora independiente. Antigua ha publicado 41 libros en los géneros de narrativa, poesía y literatura dirigida a la infancia (10 bajo seudónimo) y 9 traducciones. Ha ganado múltiples premios literarios y sus textos aparecen en diversas antologías, revistas y otros medios. Traducida al hindi, italiano, inglés y francés. Ha traducido libros de Angie Cruz, Elizabeth Acevedo, Xochitl González, Ruth Behar, Lilliam Rivera, Lissette J. Norman y Lorgia García Peña, entre otras; y ha narrado varios libros para Audible.

Gerardo Cárdenas es escritor, traductor, editor y periodista. Nacido en México, ha vivido la mitad de su vida en Estados Unidos. Es autor de ocho títulos de poesía, cuento, teatro y traducción poética. Actualmente, es estudiante del programa de Doctorado en Escritura Creativa en Español de la Universidad de Houston.

Iliana Pichardo Urrutia (Salt Lake City, Utah) es escritora, guionista y realizadora de documentales que creció en la Ciudad de México. Su práctica artística explora temas de identidad, maternidades, migración, y memoria. Su trabajo ha aparecido en *Revista de la Universidad de México*, *Rio Grande Review*, *SmokeLong Quarterly*, *Tierra Adentro*, entre otros. Obtuvo una Maestría Bilingüe en Creación Literaria en la Universidad de Texas en El Paso, donde es profesora de escritura creativa. *Todo lo que fue futuro / All That Was Future*, es su primer libro de poesía bilingüe traducido por Kadiri J. Vaquer Fernández (Mouthfeel Press 2024). *Cada mar desierto* es su segundo libro de narrativa (Hachette, 2025). ilianapichardou.com

RE Toledo completó su maestría en Letras Hispánicas en la Universidad de Tennessee (2000) y el MFA en literatura creativa en español en New York University (2012). Se desarrolla como docente en la Universidad de Tennessee, Knoxville. Narradora y poeta, escribe sobre y aboga por los derechos de los inmigrantes en los Estados Unidos. Ha publicado las colecciones de poesía *Pregonero despertar de voces* (Abismos, 2013), *Azules sueños naranjas* (miCielo, 2013) y *Vacíos* (Colibrí, 2025). Coeditó las antologías bilingües/biculturales *Nos pasamos de la raya / We crossed the line* (Abismos, 2015) y *Nos volvimos a pasar / We Crossed Again* (Colibrí, 2023).

Calin Dover Tarrats, veterano nacido en el Bronx y criado en el área de Santurce, es un artista multidisciplinario graduado de Trabajo Social y de Artes Plásticas con concentración en Pintura. Su práctica integra pintura, grabado, narrativa y arte sonoro, creando universos simbólicos donde destacan figuras como Gris y Janielsabe. Su obra explora memoria, espiritualidad y experiencia urbana en proyectos como Esférico, Tornamesismo, Las hojas caen como sueños de almohadas de plumas y Fragmentos del Alma. Además, trabaja como Recreation Therapy Assistant en el VA de San Juan, promoviendo bienestar a través del arte.

David Vila Diéguez es un músico, cineasta, crítico cultural y profesor de Estudios Hispánicos que vive entre California, España, Puerto Rico y Nashville. Nacido en una familia gallega que emigró al País Vasco, empezó a escribir poesía y canciones a los 13 años. Como músico es conocido fundamentalmente por su proyecto multicultural The Rumba Madre, con el que ha publicado varios álbumes. Es también el autor del libro *Spanish Punk: Screaming for Democracy in a Post-dictatorial State*, publicado en inglés por PM Press y en español por Desacorde Ediciones. Además, desde no hace mucho se ha embarcado en la osadía de juntar todos sus poemas e intentar armar un libro con ellos.

Marcos Pico Rentería es ensayista, narrador, editor y profesor asistente de español en el *Defense Language Institute* en Monterey, California. Su trabajo académico y literario se enfoca en la literatura latinoamericana contemporánea, con especial atención al grupo *Crack* y al trabajo ensayístico de Jorge Volpi. Es autor de la colección de cuentos *Mosh Pit* (Aduana Vieja, 2022; Sudaquia 2026) y del microrrelato "El escape del Demodroid" incluido en la antología *Los mecanismos del instante* (Ars Communis, 2024). Editó *Nueve délficos. Ensayos sobre Lezama* (Verbum, 2014) y actualmente dirige la revista *Contrapuntos*. Sus cuentos, ensayos, entrevistas y poemas han sido publicados en revistas como *Hostos Review*, *Latin American Popular Culture*, *La Santa Crítica*, *El Beisman*, *Carátula*, *El Miami Review*, entre otras, así como en antologías como *Alebrije de palabras* (2013), *Pelota Jara* (2014) y *Testigos de Ausencias* (2018).

River Coello es tejedore cultural nacide en Guayaquil y radicade en Orlando. Su práctica danza entre la memoria ancestral y personal, documentando descubrimientos a través del performance, los medios visuales y la escritura. Su colección *HAMPI* (For the Birds Trapped in Airports, 2024) recibió los premios Florida Book Award, International Latino Book Award, Independent Publisher Book Award y Nautilus Book Award. River fue finalista para la posición de Poeta Laureade de Orlando y recibió un International WCS Award en influencia creativa. Ha recibido apoyo de la Poetry Foundation, las Artes Unidas de Florida Central, el Centro Cultural Jack Straw, entre otros.

Yarelis Díaz Soto es poeta y educadora. Realizó su bachillerato en Estudios Hispánicos con énfasis en literatura puertorriqueña e hispanoamericana en la Universidad de Puerto Rico. A su vez, posee un máster en Edición de la Universidad Autónoma de Barcelona. Ha publicado en revistas como el *Vestíbulo*, *Revista Tonguas* y *Furman 217*. Ha trabajado en diversos proyectos editoriales literarios y pedagógicos. *Hay lugares que son para siempre* (Valparaíso, 2024) es su primer poemario.

Alex Sastre-Rivera es candidato doctoral del departamento de Literatura Comparada en Emory University. En el 2020 culminó su bachillerato en Inglés con concentración en Literatura y una certificación de Estudios de Mujer y Género de la Universidad de Puerto Rico, Recinto de Río Piedras. Alex fue co-fundador de Fractal Puerto Rico, un proyecto artístico y educacional. Ha organizado talleres de escritura creativa en escuelas públicas en Puerto Rico, festivales de literatura, y en grupos autogestionados. Su primer libro de poesía *Pequeñas catástrofes* fue publicado por La Impresora en marzo 2021. También puedes encontrar sus poemas en las revistas literarias *Sin cesar*, *Distropika*, y *Revista Cinosargo* entre otras. En su tiempo libre, Sastre-Rivera disfruta ser el co-anfitrión del podcast literario *Libros Colaos*, jugar videojuegos, y dedicarle tiempo a la gente que ama.

Yutzil Martínez es escritora y guionista con más de veinte años de trayectoria en el ámbito del cine y la televisión. Ha sido autora de largometrajes y trabajado en exitosas series para plataformas y cadenas internacionales. Su trabajo transita entre el drama, el thriller y las historias de fuerte carga emocional, con especial interés por los vínculos humanos y las realidades sociales latinoamericanas. Actualmente desarrolla nuevos proyectos de ficción para televisión y plataformas digitales.

Dennis Maxwell nació en Santiago, Chile. El primer regalo significativo que recibió de niño fue una cámara. En ese momento comenzó a dedicarse a capturar imágenes. Más tarde, vendría lo de contar historias. Viajó a California siguiendo promesas de oro. Después de trabajar en un centenar de oficios, estudió cine. Hace unos años se topó con los podcasts y desde entonces usa el sonido para contar las historias que le rondan. Sus historias han sido reconocidas por el Third Coast International Audio Festival, por la Bienal Internacional de Radio de México y por los Premios Ondas Globales del Podcast.

Sophia Rerucha (ella) es una periodista bilingüe basada en San Francisco. Nació en San Diego. Le gusta escribir poemas, escuchar música y caminar en Golden Gate Park con sus amigues.

Bethsabé Huamán Andía. Escritora, investigadora y docente peruana. Radica en los Estados Unidos desde el 2010, a donde llegó para cursar la maestría en escritura creativa en NYU. Como narradora ha publicado tres libros de relatos: *Sábadopm*, *Memento mori* y *La oscuridad del sombrero*. Muestra de su escritura narrativa se encuentra en antologías en Perú, México y Estados Unidos. La más reciente de ellas *Paciencia perdida. An Anthology of Peruvian Fiction* (Dulzorada, 2022). Su poesía se encuentra en revistas, sus poemarios están inéditos. Escribe desde la ciudad de Saint Paul, Minnesota, donde es también Profesora Asociada en Saint Catherine University.

Natasha Rangel es Licenciada en Letras por la Universidad Central de Venezuela y magíster en Escritura Creativa por la Universidad de Texas en El Paso. Ha sido correctora de estilo, profe de escritura creativa, facilitadora de talleres, señora de la limpieza, Content Manager, periodista temporal, redactora de boletines, guía de sala y pichón de barista. Sabe recomendar vinos y dicen que prepara unos Abuelita mochas que están miamor con buenastardes. Su trabajo narrativo ha sido antologado y ha tenido espacio en varios medios digitales. Es autora de *Estorninos negros* (DosPájaros, 2024) y *Un animal impronunciable* (Trazos de Aves, 2025). En 2023 se ganó el premio Lo Mejor de Nos con la crónica "Saborear la casa en una sopa de arroz". Le apasionan los arquetipos, el ecoterror, los videojuegos y subir cerros como si no hubiera mañana. Solo tiene paciencia para manejar carritos chocones.

Viviana Gonzales es una poeta y dramaturga boliviano-mexicana. En 2019 fue galardonada con el Premio Nacional de Literatura en Poesía en Santa Cruz, Bolivia, por su libro *Hay un árbol de piedra en mi memoria*, libro que recibió en 2023 la Medalla de Oro en los

International Latino Book Awards en Los Ángeles. En 2020 publicó su segundo libro, *Canto de un Pájaro de Fuego* (Buenos Aires Poetry, Argentina). En 2023 apareció *Te doy el tiempo de un zapato* (Dogma Editorial, México). Su más reciente poemario se titula *Taxúma en el Monte de los Olivos* (Pampanegra Ediciones, 2025).

Juan Carlos Quiñones es un escritor, traductor y editor riopedrense. Estudió literatura y filosofía en la Universidad de Puerto Rico. Ha publicado en revistas y antologías de Puerto Rico, Latinoamérica, España y Estados Unidos, y colabora regularmente con *80grados+* y *Plenamar*. Fue coeditor de *Letralia* y recientemente ha publicado en *Rialta*, *Puerto Rico Review* y *Journal of Architectural Education*. Es autor de novelas, prosas y literatura infantil, entre ellos *Bar Schopenhauer*, *Breviario* y *El libro del tapiz iluminado*. Junto a Dafne Elvira publicó libros de arte. Ganó el Premio Nacional de Literatura ICP 2023 con *El libro de las apariencias*.

Amarilis Vega nació en San Juan, Puerto Rico. Cursó sus estudios en medicina en la isla de Borinquen y luego partió a hacer su internado y especialidades de Medicina Interna en la ciudad de Nueva York. Radica en Houston, Texas, desde 1990. La vida de la Dra. Vega se compara a un ave con sus dos alas, en una lleva la medicina y en la otra las letras. Finalista en el concurso Casa de España 2021 San Antonio, Texas con el cuento "Emigrante". Publicaciones: En 2021, cuento "Taxi amarillo" en antología *Suele pasar que nos quedemos*, en 2024, "Iniciación" en antología *Vías Alternas* y en *Revista Trazos A2Vuela Pluma*, "Pájaro Soñador". En 2025, cuento "Tú" en *Los mecanismos del instante* y en *Travesías interiores* con el cuento "Juntos en la cocina".

Chloe Elizabeth Balzer es estudiante de por vida, viajera, cuarta generación san franciscana, educadora, escritora reservada siempre en búsqueda de una musa y sabiduría generacional, escuchadora de los susurros del viento, insomne y madre de dos hijes peludes con cuatro patas. Ven a encontrarme en la pista de baile.

Roberto Leni es escritor/poeta chileno. Hijo de familia perseguida y exiliada a California en 1976. Magíster en Escritura y Conciencia del New College de California. Fue artista-en-residencia del Marin

Headlands Center for the Arts. Ha sido publicado en *El Andar*, *Brooklyn & Boyle*, *Cipactli*, *The Revolutionary Poets Brigade LA*, *Future Relations: A Resource for Radical Teaching*, *The Zapatista Spaceship Program zine* y otros. Vive en East Los, Califas.

María Mínguez Arias es narradora, ensayista, traductora y editora circunstancial. Es la autora de *Nombrar el cuerpo* (2022), elegida entre lo mejor del año de la literatura Queer en España; y de *Patricia sigue aquí* (2018), novela ganadora de un International Latino Book Award. Sus relatos, ensayos y reseñas aparecen en antologías y revistas de Estados Unidos, México y España. Es coeditora de la antología *#NiLocasNiSolas*: *narrativa escrita por mujeres en Estados Unidos* (2023), y trabaja como directora de operaciones en la editorial feminista Aunt Lute Books en la Bahía de San Francisco donde reside con su compañera e hijes.

DIGITUS INDIE PUBLISHERS
www.digitusindie.com
EDITORES INDEPENDIENTES

www.ingramcontent.com/pod-product-compliance
Lightning Source LLC
Chambersburg PA
CBHW050015040726
47599CB00014B/1392

* 9 7 8 1 9 7 2 1 4 5 0 0 5 *